Bretagne
Pâques 2006

A l'attention
de Gillie

De
la part
toute
[illegible] famille.

RICHARD

Jean-François Kieffer

TOME 5

Les Deux Îles

et autres récits

Photogravure : SNO
Imprimé en France par ***Partenaires-Livres***®
Dépot légal : octobre 2005
ISBN : 2-91458064-9
ISBN : 2-2150-4589-2

Loi n°49-956 du 16 juillet 1949 sur les publications destinées à la jeunesse.

FRANÇOIS D'ASSISE

vécut pauvre et joyeux, au temps des chevaliers et des troubadours. Fils d'un riche marchand de la ville d'Assise en Italie, le jeune homme avait laissé sa fortune et ses rêves de gloire pour mieux servir son Dieu. Dépouillé de tout bien, il devint le frère de tous et l'ami de toute créature.

On dit que François parlait aux oiseaux et qu'un jour, il changea le cœur d'un loup. Certains disent même que ce loup se lia d'amitié avec un orphelin et que tous deux parcoururent les chemins d'Italie, vivant mille aventures...

Géraldo

Le soir vient sur Assise...
Lorsqu'au joli mois de mai chante le rossignolet...
...Me souviens d'une pastourelle qui prit mon cœur en son filet

Vous les savez donc toutes, capitaine Théo !
J'ai la mémoire d'un veilleur...

Étrange instrument : je ne l'ai que depuis l'an dernier, mais il me semble le connaître depuis toujours...

Il y a peut-être une raison. Écoute plutôt...

C'était au temps de ta petite enfance, à Gubbio...*
Elle a brouté toute la journée !
Voilà pour ta peine, enfant trouvé.

On dit merci !
Merchi !

Eeh !
Pas si vite, l'ami...
U1

* Tome 1

As-tu oublié la loi de la rue?
La moitié de tout bien reçu revient au Prince des Gueux!
Ça tombe bien, Prince: il en reste juste la moitié!

Disparais, goinfre.

C'est MA galette!
Rattrapez-le, imbéciles!

Cette rue est sans issue...

Le voilà coincé!

Je vais t'apprendre à me faire courir...

Ouille!
Arrière, canailles!

...Ou vous verrez que Géraldo ne joue pas que du luth!

Changeons de quartier, marmot!
Tu me paieras ce coup, musicien!
U2

Quel est ton nom? Où est ta famille?

Pas de nom... Tout seul... Snif!
Un orphelin de plus... Ah, que de misère!

Que de misère sur cette pauvre terre! Ô Vierge Mère, Gardez ce petit frère!
Snirf...

C'est beau, ta musique...
Veux-tu essayer?

Tout doux...
PLINNK!

Hi hi hi!
Eh bien voilà! Quelques notes de musique, et les chagrins s'en vont!

Apprends la musique, marmot: tu ne seras plus jamais seul...

Et tu pourras gagner des sous...

Comme celui-là!
Oh, merci!

Par ici, la monnaie!
PAF!
U3

Ah, les bandits!
MÉCHANTS!
Je t'avais prévenu, musicien!

Ne reste pas là, toi!
Il est blessé!
Transportons-le à l'hospice!

N'oublie pas, marmot... La musique...

Le brave Géraldo ne se releva pas de ce terrible coup.

Avant de mourir, il me chargea de rapporter son instrument et ses dernières pensées à sa vieille épouse, que tu connais*.

Je retournerai la voir; il faut qu'elle sache tout ce que je dois à son Géraldo...

♫ Chante chante rossignolet
Ma mie point ne reverrai ♫

* Tome 1

Les deux îles

Près de la ville de Cortone...
L'ermitage, enfin...

Ding Ding!

Loupio! Quelle bonne surprise!
Bonjour, frère Léon!

Un troisième bol, frère Gilles : nous avons une visite!

François n'est donc pas ici?
Il devait passer le carême avec nous, mais une autre idée lui est venue...

Frère Gilles, nous avons promis le secret!
Bon. Loupio, tu ne le répèteras pas...

Ce carême, François voulait le vivre en solitude et grand dépouillement; voici un mois, il s'est donc fait déposer sur une île du lac Trasimène...
Avec pour seul abri, sa tunique et pour toute nourriture, deux petits pains...
V1

Une barque doit le rechercher trois jours avant Pâques...
Encore dix jours sans nourriture ? C'est folie !
C'est grande sainteté, Loupio !

Les frères ne semblent pas réaliser que François va mourir de faim... Il nous faut agir, Frère Loup !

D'abord, gagner de l'argent...

C'est la vie du baladin la plus belle de toutes

Donnez-moi cette miche...

Combien coûte ce fromage?

Des amandes pour cinq sous.

Lui qui ne voulait ni compagnie ni provisions, crois-tu qu'il appréciera notre visite?

Voici le lac, et les deux îles...
V2

Cette vieille barque semble abandonnée...

Hisse! Si j'arrivais...

...à la réparer un peu...

Han!

Saute à bord, matelot!

Et cap sur les îles!

UNE HEURE PLUS TARD...
Nous n'avançons... pas vite... Ouh, mes bras!

Il doit être sur celle-ci, la plus petite...

Hop!
V3

OHÉ, FRANÇOIS!

Personne... Nous nous sommes trompés d'île!

Il va falloir ramer encore...

La barque! Misère, je ne l'avais pas attachée...

Rien à faire, le courant l'éloigne...

Et la nuit tombe...

Nous voilà prisonniers ici, Frère Loup!

Demain, nous ferons signe au premier pêcheur qui passera...

Espérons qu'il n'aura pas peur d'embarquer un loup!
V4

LE LENDEMAIN...
Aïe, j'ai mal à tous mes os... Et j'ai grand faim!

Mais pour manger, je peux bien attendre d'avoir rejoint François...

LES HEURES PASSENT...
Toujours aucune barque en vue...

Dire que François est là, tout près...

Mais à quoi bon appeler? Autant ne pas le déranger dans sa prière...

PLUS TARD...
Nous allons devoir passer une autre nuit ici!

Pardonne-moi, François: j'ai vraiment trop faim!

Ça devient long d'être seuls, non?

Alors, musique!

Loué sois-tu mon Seigneur pour sœur Lune et les claires étoiles

La pluie! Il ne manquait plus que ça...
VS

Loué-sois-tu mon Seigneur pour sœur Eau si utile et si humble

Demain, je construirai un abri...

Le matin venu...
Ici, ce sera bien.

D'abord...

...Une solide charpente...

Nous voici à l'abri de la pluie!

Et ces fougères feront le meilleur des matelas.

Ouf! J'ai bien mérité un bout de fromage et quelques amandes!

Ce soir-là...
Loué sois-tu pour frère Feu éclairant la nuit
V6

Et les jours se suivent...

YAYAYAAA!

Il ne va rien rester pour François...

Ces miettes me donnent une idée !

Raté!

Essayons la pêche...

Encore raté!

Ces poissons sont trop vifs: pas étonnant que ce coin n'attire pas les pêcheurs !

Je crains qu'il nous faille attendre la fin du carême, et guetter le passage de la barque de François...
V7

Frère Loup, voici les roseaux dont on fait les flûtes! Je...

AAAH!
FLAPFLAPFLAPFLAP
COUIN! COUIN!

Cette cane vient juste de pondre!

Tu vois cette pierre plate? Je la mets dans le feu...

Et quand elle est bien chaude...

Crac!
PSS
CHH

Miam, c'est chaud, c'est bon!

Au son des flûtes et des clochettes

LE NEUVIÈME JOUR...

Toutes les provisions sont épuisées! Mais la barque devrait passer bientôt, maintenant.
V8

Et ce matin du Jeudi Saint...

Ouuuuuh!
Un loup, ici? C'est impossible!
Vite, approche-toi du rivage!

Frère Loup! Et ce manteau rouge...
Ouuuh!

Loupio!
François, enfin!

N'as-tu pas trop souffert de la faim?
Ces derniers jours, le plus rude fut la solitude.

Mais le vent m'a offert quelques notes de flûte...

Et le soir, sur l'autre île, brillait un petit feu...

Qu'il me fut doux de savoir quelqu'un proche!
V10

Trois pièces d'argent

Une pièce d'argent : j'ai gagné ma journée !

Là une autre...

Et une troisième !

Aujourd'hui, je mange à l'auberge !

MON ARGENT, ESCROC !

Je vous répète que je n'en ai pas, je n'en ai plus !

J'avais trois pièces d'argent, mais voyez : ma bourse est décousue...
Menteur ! Profiteur !

Cet homme ne ment pas, aubergiste...

Voici vos trois pièces, retrouvées sur la route.

Voici celle que je vous dois, aubergiste.

Tu es bien honnête !

Ah oui, vraiment.
W2

Et que mangera cet honnête jeune homme?
Euh... Tout bien pesé, je n'ai pas faim.

♫ ♫ Je m'en vais vers d'autres cieux, cœur amer et ventre creux ♫
Au secours! À l'aide!

Encore cet homme...

Assailli par un voleur!
À moi!
Allons, donne ta bourse!

ARRIÈRE, COQUIN!

Ça va, ça va...
Ouf! Merci, mon garçon!

Tu es bien courageux!

Ah oui, vraiment.
W3

Bien affamé, aussi!

PLUS LOIN...
Mais celui-ci est plus à plaindre que moi...
Par ici, musicien...

Je n'ai rien à t'offrir, l'ami...
Moi, si!

Ce brave homme m'a donné deux pièces d'argent...

L'une à garder, l'autre à te remettre.
Étonnant personnage...

Que dirais-tu d'un bon dîner à l'auberge?
Avec grand plaisir...

Ah oui, vraiment!
Ha ha!

Le mage

* Tome 1

Vite, cache-toi derrière les fagots!
BOM BOM!

Bonsoir, grand-mère...
En... entrez, mage...

Je sens que vous n'allez pas bien... Toujours votre dos...
C'est que... je jardine beaucoup!

Non, il y a autre chose : je sens une présence MAUVAISE, un esprit MALIN... Il me faut PURIFIER votre demeure...

Mais...vous l'avez déjà fait la semaine dernière!
Un AUTRE esprit est venu, plus méchant...Vous êtes en DANGER!

Mais ne craignez rien : je veille...

PSCHHHH

Par la puissance de Fulgur, esprit impur, quitte ces murs!
Quelle puanteur!

N'allez-vous pas mieux, grand-mère?
Peut-être, si... Que voudrez-vous pour vos services?
X2

Allons voir cela au potager...

Tiens, que fait-il?

Je me contenterai de...voyons... un panier de ces fèves. Elles sont délicieuses!

Et une poule bien grasse.
À présent, on dirait qu'il sème quelque chose...

Toutes ces taupinières...
Je n'en ai jamais eu autant!
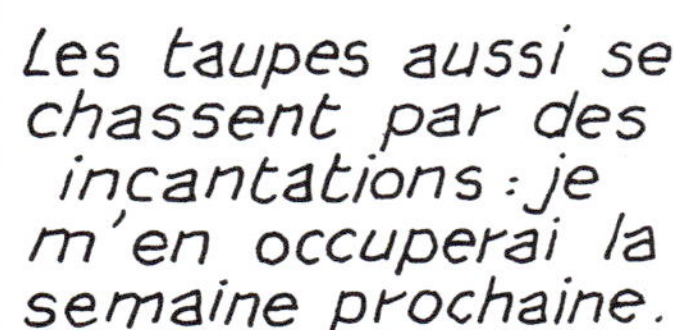
Les taupes aussi se chassent par des incantations : je m'en occuperai la semaine prochaine.

Asseyez-vous, je vais cueillir les fèves...
Je passerai tout prendre ce soir! D'autres gens attendent mon aide...

Vous me mettrez aussi quelques belles poires...

Qui est cet individu?
Le mage Fulgur...
X3

Quelque temps après ton séjour ici,* mon jardin fut envahi par d'énormes chardons. Fulgur est apparu et s'est proposé pour m'en débarrasser.

Comme je suis sans argent, il accepta d'être payé en légumes, en fruits, en œufs...

Puis ce fut mon toit qui manqua de brûler; le mage arriva juste à temps pour éteindre ce feu inexpliqué...

J'eus beaucoup d'ennuis, encore: le sort s'acharne sur moi !

À chaque fois, Fulgur me vient en aide. Mais pour le dédommager, je dois m'épuiser au travail...
Cet homme ne me plaît pas.

D'un sac, je l'ai vu sortir une bestiole: une taupe, j'en suis sûr !

Par ici, il a secoué un sachet...
*

Voyez.
Des graines de chardons !
Ainsi, ce serait lui qui...
Qui crée vos malheurs pour vous vendre ses secours ! Cet homme est un escroc !

Comment vais-je m'en défaire? Il est si puissant...
Malin, surtout... À nous de l'être davantage !
X4

*Tome 1

Le soir...
clip clop
clip clop
Seigneur, assistez-moi !

Eh bien, grand-mère, avez-vous tout préparé ?
Non. Vous n'aurez rien, aujourd'hui.

Comment cela ?
Vos incantations n'ont rien donné, l'esprit malin est resté !

Sa puissance a grandi... Je l'entends maintenant me parler...

Vous devenez folle !
C'est lui ! Écoutez...

Fulguuur... Tu es un miséraaable...

Ha, ha, ha ! C'est quelque farceur qui veut vous effrayer !

Où te caches-tu, esprit, que je te tire les oreilles ?
Non, mage, ne le provoquez pas !

Je suiiis dans la remiiiise...

N'ouvrez pas ! Il va vous...
Allons, montre-toi !
X5

Qui... qui est là?

AAAAAAAH!

Un esprit! J'ai vu un esprit!
Bravo, Frère Loup!

PLUS TARD...
Je suis heureuse que tu aies un tel compagnon!

Mais vous-même êtes bien seule...
Géraldo est à nouveau bien présent dans mon cœur...

Tout ce que tu m'as dit de lui m'a redonné du courage!

Apprenez-moi une autre de ses chansons...

Chantons belle amie notre amour si doux Qu'il nous garde unis toujours et partout
X6

Le montreur de marionnettes

Avec un nez moins gros, je serais assez beau...

Mais j'ai un gros nez...

Tu connais tous mes chemins
C'est ta main qui me conduit
La merveille que je suis
Tu l'as tissée de ta main*

De qui est ce joli chant?
Du montreur de marionnettes, sur la place!

Le plus beau des animaux? Assurément, c'est moi, le paon!
Oh! Est-ce vrai, les enfants?
Ouiii!
NOON!
C'est le cheval!
Y1

* Psaume 138

Tu es beau, ami paon... Mais chacun l'est tout autant!

Même moi, le cochon, qu'on dit sale et grognon?
Tu es si bon compagnon!

Même moi, le crapaud, des boutons plein le dos ?
Tes yeux sont des joyaux!

Même moi, le ssserpent, que l'on dit ssi méchant?
Si l'on t'écrase, évidemment!

Une araignée aussi, tu trouves ça beau?
BÊÊÊ!

Mon amie l'araignée? Mais... c'est une vraie fée...

Voyez le bonnet qu'elle m'a tricoté!
Hi Hi Hi!
Bravo!
Y2

Hérisson, tes paroles ne manquent pas de piquant!
Ha Ha!

Artiste moi-même, j'ai toujours plaisir à rencontrer...
Un instant, ne...

HORREUR!

Un lépreux...

Comment l'aurais-je deviné? Une telle gaieté, une voix si douce...

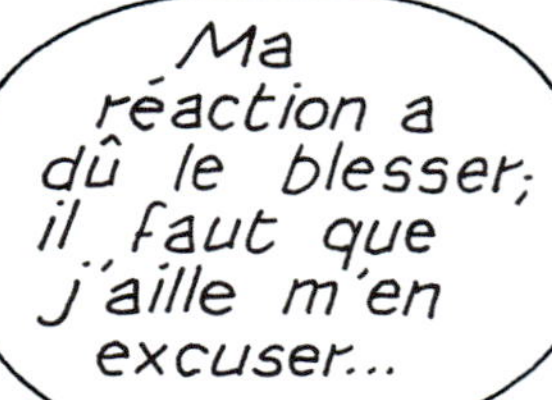
Ma réaction a dû le blesser; il faut que j'aille m'en excuser...

Hum... Puis-je approcher?
Viens sans crainte, ami.
Y3

La maladie n'est plus en moi, même si elle m'a laissé ce pauvre masque qui t'a fait peur...
Je suis désolé...

Ne te désole pas pour moi: ai-je donc l'air si triste?
Bien au contraire!

Longtemps, j'ai connu la souffrance et la colère: rejeté par tous, je maudissais le monde et me haïssais moi-même...

Un jour, ma route a croisé celle d'un jeune et riche cavalier. Comme les autres, il s'est vivement écarté à ma vue. Puis il a sauté de cheval, est revenu vers moi, a pris ma main qui n'était que plaie, l'a embrassée...

Surtout, il m'a regardé. J'ai pu me voir dans ses grands yeux; j'y ai vu que j'étais beau!

Cet homme, je le connais, il m'a parlé de cette rencontre! Sa vie aussi en a changé...

Il s'appelle François, c'est un saint!
Y4

Mon ami François

SOLISTE: TOUS:
Do Fa Do, Do Fa Do,
C'était le fils d'un marchand de drap, le petit homme nommé François,

SOLISTE: TOUS:
Do Fa Do, Do Sol Do,
et de la douce da - me Pi - ca, que diriez - vous d'un a - mi comm' ça?

SOLISTE: TOUS:
Do Fa Do, Do Fa Do,
L'aimait la fêt' et les bons re - pas, le petit homme nommé François,

SOLISTE: TOUS:
Do Fa Do, Do Sol Do,
de la jeuness' il é - tait le roi, que diriez - vous d'un a - mi comm' ça?

1. C'était le fils d'un marchand de drap, *(tous)* le petit homme nommé François,
et de la douce dame Pica. *(tous)* Que diriez-vous d'un ami comme ça ?
L'aimait la fête et les bons repas, *(tous)* le petit…
de la jeunesse, il était le roi. *(tous)* Que diriez-vous…

2. Il rêvait de gloire et de combats,
à la bataille il partit soldat.
De la guerre, il revint le cœur las,
comprit que là n'était pas sa voie.

3. Se promenant un jour, il croisa
un pauvre lépreux et l'embrassa.
Il en eut l'âme remplie de joie,
c'est ce jour-là que sa vie changea.

4. Dans une église en ruine il entra,
pour prier Dieu de guider ses pas.
Il entendit de Jésus la voix,
« Ma pauvre église, rebâtis-la ! »

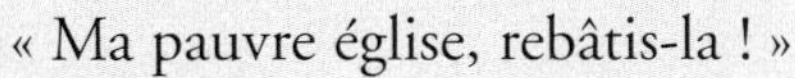

5. Il se mit à vider les gravats,
paya les tuiles en vendant du drap.
Fou de colère, son père gronda,
« Ce que tu m'as volé, rends-le moi ! »

6. De ses habits, il a fait un tas,
« Reprends ton bien car je n'en veux pas ! »
Vêtu d'un sac, la ville il quitta,
pour un abri de feuilles et de bois.

7. Depuis, sur les chemins il s'en va,
prêche l'amour, chante Alléluia.
Nombreux sont ceux qui suivent ses pas,
je veux moi-même être de ceux-là.

La captive

Regarde qui vient là, Loupio...
Bonjour, les amis!

Joana!

Loupio, j'ai besoin de ton aide!
C'est que...
Pars sans souci, Loupio! Frère Léon arrive demain, il m'aidera...

Qu'attends-tu de moi?
Tu délivras un jour mon père emprisonné;* il va falloir renouveler cet exploit...

Ton père est à nouveau prisonnier au château?
Non, il s'agit cette fois d'une jeune dame.

Un soir où je gardais mes moutons près des fossés, elle m'appela de la fenêtre d'une tour, me suppliant de l'aider; puis j'ai entendu crier le seigneur Rigoberto, et la dame, je ne l'ai plus revue...

Mais j'ai fait la connaissance d'un drôle de jeune homme, qui rôde autour du château depuis plusieurs jours et s'intéresse fort à la belle captive...

À nous trois, nous la délivrerons.
Z1

* Tome 2

Voici celui dont je t'ai parlé...
Floris ! *
Loupio !

Mais alors, cette jeune dame dans sa tour, c'est celle que tu aimais et qui fut promise en mariage...
...à cet affreux bonhomme ! Elle a dû vite comprendre à quel personnage on voulait la marier...

Ma douce Lorenza ! Je ne pouvais l'oublier, et voulais savoir si au moins elle était heureuse...

En écoutant les conversations aux abords du château, j'ai appris que le seigneur Rigoberto l'empêche de repartir chez ses parents, espérant qu'avec le temps, elle acceptera de l'épouser...
Le scélérat !

J'ai aussi rencontré cette bergère, qui m'a proposé son aide et celle d'un héros plein d'audace et d'astuce...
Héros... Tu exagères, Joana !
Ne rougis pas ! Écoute plutôt notre plan...

LE LENDEMAIN MATIN...
Tout va bien ?
Quelle nuit ! Mademoiselle n'a cessé de crier et de cogner à la porte !

Elle finira bien par accepter son sort...

Et nous aurons une belle noce au château !
Ha ha !
Il vient, ce message ?
Voilà : "Lorenza, tiens-toi prête, ce soir, tu seras libre."
Z2

* Tome 3

Bravo!
ZIOUFF!

L'avez-vous vue? Toute pâle, les yeux rougis...
Ne traînons pas ici, Floris!

Bon : la barque est toujours à sa place...
Il nous reste à trouver le fil et la corde...
Allons au village!

LE SOIR VENU...
Pfff!
Hi hi!
Ainsi vêtu, je suis ridicule!

Méconnaissable, surtout...
Ce qui est essentiel à ta mission!

Courage, Loupio!
À la grâce de Dieu...

OHÉ, DU CHÂTEAU!

Un bouffon...
Faites-le entrer; notre seigneur a grand besoin de distraction!
23

Greli-grelo,
mais il dort,
ce château!

Allons,
réveillez-vous,
greli-grelou!

Greli-grelin,
attrape-moi,
gros malin!

Ho
ho!
Attends
un peu,
toi!
C'est le
moment,
Floris!

PLAOUF!

ZIOUFF!

Tirez
sur le fil,
Lorenza!

Maintenant,
attachez solidement
la corde et laissez-
vous descendre!

Je...
je suis
coincée!

PENDANT CE TEMPS...
Quel est ce
tintamarre?
24

C'est ce bouffon, messire !
Il est vraiment drôle !
Ça me donne une idée...

Bouffon, si tu parviens à faire sourire ma fiancée, tu seras grassement payé !

Non non non, greli-grelon ! Je ne sais pas amuser les dames...
Oh, le grand timide !

C'est ici...
Un instant, je vous prie ! Que je prépare mes drôleries...

Hâtez-vous, Lorenza !

Mon gentil bouffon !

Es-tu enfin prêt ?
Laissez-moi me concentrer...

Debout ! Tu...

Mais... je le connais, lui !

Ne le laissez pas filer !

Halte !
Z5

À cheval, vous autres!
Mon Dieu, il est perdu!

Il est à nous!

¡¡¡¡¡¡HH
AAaah!

Que se passe-t-il ?
Les chevaux sont comme fous!

Un loup! C'était un loup!

PLUS TARD...
Mais quelle histoire! Joana, quand donc cesseras-tu de rechercher les ennuis ?

Papa! Tu m'as toujours appris à combattre l'injustice!
Avant l'aube, Lorenza sera en sécurité chez son père.
Il me tarde de lui dépeindre le fiancé qu'il m'avait choisi...

Et de lui dire quel est celui que mon cœur aime!

La belle et le bouffon... N'en feras-tu pas une chanson, Loupio?
Z6

Sommaire